Faillite Mary Reynaud

* * *

TRÈS RICHE

MOBILIER

PARIS — 1891

IMPRIMERIE MAULDE et RENOU

A. MAULDE & Cie

IMPRIMEURS DE LA COMPAGNIE DES COMMISSAIRES-PRISEURS

Rue de Rivoli, 144. — Paris

Faillite MARY REYNAUD

CATALOGUE

D'UN

TRÈS RICHE MOBILIER

PRESQUE ENTIÈREMENT NEUF

Dépendant de la Faillite

DE M. MARY REYNAUD

DONT LA VENTE AURA LIEU

En son Hôtel, avenue du Bois-de-Boulogne, n° 51

Le Mercredi 25 Février 1891

A DEUX HEURES PRÉCISES

COMMISSAIRES-PRISEURS

Me MARLIO	Me COUTURIER
Rue des Pyramides, 20	Rue Chaptal, 2

EXPERT

M. Charles MANNHEIM, rue Saint-Georges, 7

EXPOSITIONS

PARTICULIÈRE	PUBLIQUE
Le Lundi 23 Février 1891	Le Mardi 24 Février 1891

De 1 heure 1/2 à 5 heures

CONDITIONS DE LA VENTE

———

Elle sera faite *expressément* au comptant.

Les Acquéreurs paieront CINQ POUR CENT en sus des adjudications.

Les Expositions mettant le public à même de se rendre compte de l'état des Objets, il ne sera admis aucune réclamation une fois l'adjudication prononcée.

L'ordre numérique du Catalogue ne sera pas suivi.

A. MAULDE et Cⁱᵉ, imprimeurs de la Cⁱᵉ des Commissaires-Priseurs, rue de Rivoli, 144.   1000—12495

Désignation des Objets

VESTIBULE ET GRAND ESCALIER

1-2 — **Deux grandes et belles TORCHÈRES**
en bronze doré, formées de statues de Femmes
revêtues de tuniques, en marbre onyx d'Algérie,
soutenant des cornes d'abondance, d'où s'é-
chappent des bouquets de fleurs disposés pour
l'éclairage au gaz.

Œuvre de **Cordier,** 1867.

Hauteur, y compris un socle en bois noir et
or, 3^m15.

3 — Une Statue de **MINERVE en marbre
antique.**

La déesse est debout, casquée, vêtue de
long, appuyée sur l'égide et tenant la lance. —
Haut., 1^m5o.

4 — Une Table-Bureau, en poirier noirci.

5 — Cinq Tabourets en X, en bois noirci, couverts en velours rouge frappé,

6 — Tapis Chemin en moquette rouge unie,
couvrant l'escalier.

*

GRAND SALON

7 — Buste de *Diane*, en marbre blanc, d'après HOUDON. — Haut., 0^m75.

8 — Deux Lampes en Satzuma, à riches décors en couleurs et dorure, figures et fleurs, monture en bronze de style japonais.

9 — Deux grands Chenets en bronze doré, de style Louis XVI, modèle à vase enguirlandé de chaînes et surmontés de casques à l'antique. — Haut., 0^m65.

10 — Un Lustre et deux Appliques, de style Louis XVI, avec bronzes et cristaux.

11 — Une Table de style oriental, tout en émail cloisonné, à décor d'arabesques, en émaux de couleur sur fond turquoise.

12 — Meuble de salon en damas de soie bleu pâle, capitonné, composé de deux Canapés, quatre Fauteuils confortables et deux Chaises.

13 — Deux Fauteuils capitonnés en lampas, à festons de fleurs brochés sur fond vieux rose.

14-16 — Trois Chaises capitonnées, couvertes en soie brochée à fleurs de nuances variées.

17 — Un Fauteuil pouff, en velours de Gênes bleu, sur fond crème.

18 — Décoration de trois grandes croisées en damas de soie bleu pâle, avec lambrequins même étoffe, embrasses assorties et galeries en bois doré, style Louis XVI. — Haut., 4^{m}.

19 — Trois Stores en soie bleue.

20 — Quatre Panneaux en soie richement brodés.

21 — Tapis en moquette rouge unie, couvrant le salon. — 7^{m} sur 6^{m}50.

BOUDOIR

22 — Un petit Canapé avec dossier médaillon en bois doré, de style Louis XVI. garni en blanc mais non couvert.

23 — Deux grands Fauteuils confortables, en satin rose capitonnés.

24 — Deux Chaises légères en bois sculpté et doré, dossiers à lyre, couvertes en satin crème brodé.

25 — Deux Chaises légères, style Louis XVI, en bois doré, couvertes en satin.

26 — Une Table liseuse en bois doré.

27 — Deux Chenets : *Les Enfants frileux*, de style Louis XVI, en bronze doré.

28 — Un Fauteuil pouff en peluche rouge avec bandes en soie brodée. Style chinois.

29 — Deux Colonnes à cannelures en marbre serpentine avec chapiteaux tournant.

30 — Décor d'une grande fenêtre en soie brochée à fleurs sur fond doré avec Lambrequin même étoffe et un Lambrequin d'une autre fenêtre.

31 — Un Store soie bleue.

32 — Trois Panneaux en soie richement brodés.

33 — Le Tapis en moquette rouge unie couvrant la pièce.

34 — Deux Chenets de style Louis XIII, en cuivre doré.

SALLE A MANGER

35 — Grande Suspension en bronze doré avec lampe et bouquets de lumières. — Haut. 2^m.

36 — Une Table de salle à manger en noyer.

37 — Douze Chaises en noyer couvertes en satin bleu avec chiffre brodé, sortant de la *Maison Duval*.

38 — Décoration d'une grande baie vitrée et de deux fenêtres en satin bleu couvert d'applications à rinceaux fleuris style Renaissance avec trois bandeaux de même genre.

39 — Trois grands Stores en soie bleu pâle avec broderies de style Louis XVI.

40 — Deux très grands Chenets, style Renaissance, en bronze doré, modèle à vase et pyra-
mide avec supports formés de dauphins.

41 — Pelle et Pincettes en fer ouvré de même
style que les chenets qui précèdent.

42 — Tapis en moquette rouge unie couvrant la
pièce. — 6^m sur 5^m.

OFFICE

43 — Deux Plateaux, Dix Plats ronds, Trois Plats
longs, Légumiers, Service à thé, Ménagères,
Couverts, Couteaux, etc., chiffrés, en métal
argenté, sortant de la *Maison Christophle*.
(Sera divisé).

44 — Service de verrerie chiffré.

45 — Service en porcelaine décorée.

PREMIER ÉTAGE

———

GRAND CABINET DE TOILETTE

46 — **Grande et magnifique ARMOIRE** de style
Louis XVI, en marqueterie de bois violette
satiné, richement garnie de bronzes ciselés et
dorés et reposant sur des griffes.

La corniche est surmontée d'un groupe d'enfants, d'une galerie à vases, de médaillons chiffrés, tout en bronze.

Le meuble ouvre à quatre portes encadrées
de colonnettes, garnies de glaces biseautées,
découvrant de nombreux tiroirs à l'anglaise,
des tablettes, des porte-manteaux et un cabinet-
bureau.

Ce meuble, dont les côtés sont cintrés, est
d'une belle ordonnance et d'une remarquable
exécution.

Il a été exécuté par **Zwiener**.
Haut. 3^{m}5o; larg. 4^{m}45.

47 — **Grande et magnifique TOILETTE** de
style Louis XVI en marqueterie de bois violette et garni de bronzes ciselés et dorés, d'une
ornementation analogue au meuble qui pré-
cède.

La tablette, les cuvettes et les réservoirs sont en onyx d'Algérie.

Elle est surmontée d'une glace à cadre doré garni sur les montants d'appliques en bronze à cinq lumières.

Ce beau Meuble a été exécuté également par **Zwiener.** — Long. 3^{m}90.

48 — Une Table à volets, style chinois, en bois doré.

49 — Un Paravent japonais peint et brodé.

5o — Une Chaise Longue en satin jaune capitonné.

51 — Deux Chaises-Pouff en satin jaune avec carrés en peluche rouge.

52 — Un Fauteuil Crapaud garni en peluche rouge capitonnée.

53 — Décoration de trois grandes Croisées, Rideaux et Lambrequins en peluche rouge, doublés de satin jaune.

54 — Un petit Meuble de toilette avec glace en bois dur, décoré d'incrustations d'ivoire, nacre et cuivre.

55 — Tapis en moquette rouge unie couvrant la pièce. — 7^m sur 6^m.

CHAMBRE A COUCHER

56 — **Beau Meuble** de style Louis XVI en bois laqué jaune rechampi bleu, décoré d'arabesques en couleur avec partie sculptée et dorée.

Il comprend : une grande Armoire ouvrant à trois portes à glaces, deux Chiffonniers et une Table ovale.

57 — Une Chaise Longue en satin rose capitonné.

58 — Un Coussin en satin bleu ciel décoré de broderies de couleur.

59 — Une Table à ouvrage en laque, monture en bambou.

60 — Un grand Fauteuil à dossier renversé, en lampas fond jaune d'or broché, à fleurs et oiseaux en couleur.

61 — Un Lit capitonné en satin vert d'eau broché à fleurs et dessin Louis XVI.

62 — Un Couvre-Lit en satin rose.

63 — Rideaux et ciel de lit en satin vert d'eau doublé en satin rose.

64 — Six Rideaux et Lambrequins en satin vert d'eau broché à dessin Louis XVI doublé en satin rose.

65 — Deux Chenets de style Louis XVI en bronze doré, modèle à vases et Brûle-Parfums.

66 — Haut-Relief en ivoire représentant *l'Adoration des Bergers,* dans un cadre en bois doré.

67 — Médaillon en cire de couleur : *le Pape Benoît,* dans un cadre en bois sculpté et doré.

68 — Tableau de forme octogonale : *l'Assomption de la Vierge,* dans un cadre en bois doré.

69 — Un Tableau : *le Sommeil de l'Enfant-Jésus,* école italienne, dans un cadre à rinceaux et fleurs de lis en bois sculpté et doré.

70 — Un Tableau : *Sainte Agnès,* d'après CARLO DOLCI.

71 — Le Tapis de la pièce en moquette rouge unie. — 6ᵐ sur 5ᵐ.

CHAMBRE A COUCHER FORMANT ROTONDE

72 — Deux Chenets en bronze doré, formés de paons, sur socle de style chinois.
Signés MORISOT.

73 — Un Lit anglais en cuivre.

74 — Un Paravent japonais.

75 — Un Fauteuil confortable en velours bleu.

76 — Quatre Rideaux en satin rouge broché, dessin de plantes et papillons et garnis de bandes brodées en couleur sur fond bleu avec entourage de galon métallique.

77 — Tenture de style japonais en soie brodée, dessin de fleurs et d'oiseaux, garnissant les murs de la chambre.

78 — Un Lustre en faïence italienne moderne.

79 — Une Statuette de Minerve, en porcelaine de Saxe.

80 — Le Tapis de la pièce.

CHAMBRE A COUCHER A LA SUITE

81 — Une petite Commode ancienne, à dessus de marbre, style Louis XV.

82 — Rideaux de lit avec dais et baldaquin en peluche bleu foncé, doublés en satin bleu clair.

83 — Rideaux de fenêtre semblables.

84 — Une Table garnie en peluche bleue.

85 — Deux Fauteuils capitonnés couverts en peluche et satin bleu.

CHAPELLE

86 — Lampes, Flambeaux, Chemin de Croix, Bénitier, etc., etc. (Sera divisé.)

87 — Un Coffre-Fort de Haffner.